鬼神村流伝

金田久璋

思潮社

鬼神村流伝

金田久璋

思潮社

目次

I

II

III

IV

装画＝西田理菜

——いまだかつて誰ひとりとして、平和の叙事詩をうまく語れた者はいない。

ヴィム・ヴェンダース『ベルリン・天使の詩』

I

ナマコ

あまたの魚のなかで
ナマコだけが天つ神に従わず
頑なに逆らって
「海鼠（なまこ）の此の口　畢（つい）に答えぬ口」を
アメノウズメに紐小刀（ひもかたな）で
裂かれてなおも
ひねもす　海藻の波に揺られつつ

息づく太古の海の底で
デロリと
内臓を反転し

すっかり吐き戻して
身の置き所もない
あられもない姿で
ようやく　すべて納得する
一如の内外

クラインの管の括れ
ゲノムの螺旋階段を辿り
メービウスのネジバナが風に揺れる
はたまたなべて飲み込む
ブラックホールの底知れぬ闇
いきもののいのちの筒の
空洞が宇宙に繋がっていることを

天照す　そらみつ
虚空に充満する空虚を

愛しくおのがじし抱きしめて
摂理として肯い
あまねく理解することがなければ
神も太初もありえないことを

然(さ)もあれば在(あ)れ
時にはくるりと裏返しになり
反世界の果てに出てゆくかと思えば
海の底を這いずり回り
量子の苦い泥を日がな一日啜るのである

日蝕

忍び寄る滅びの玄関に
放課後綻びた鞄を放り投げ
少年は境内で蟻を一匹ずつ虫眼鏡で焼き殺す
秘かな遊びに興じた
後厄で父が死に
祖母が後を追った災厄の年

ちりちりと焦げ臭い煙をあげる
蟻道をことごとく焼き尽くすと
巣穴を暴き
今度は紙片に真夏の陽光を集めた

黒焦げの穴の跡に
午後の光りが射しこみ
蟻が地表によみがえる
黒い葬列が
ふたたび徐（おもむろ）に歩き出すのだった

秘かに
弔うことを
少年は覚えた

それから
大いなる正午の一刻
直立する影を失い
自らを罰するように
燃え滾（たぎ）る

日輪を凝視して
昏い眸を焼いた

瞳孔に太陽を宿し
閃光暗点に眩惑されながら
強い陽射しにまなざしを陰らせて
ひまわり畑の黄道を軋るように
己が影を踏みしめ
長い野辺の送りを辿って行く

件（くだん）

知らないはずはない　件のことなら
前世からのつきあいである
冥界から派遣された
人面牛体の予言する妖怪　人呼んで人牛とも

件の物件は件
闇夜になれなれしく　得体知れず
ぬれた鼻面をこすりつけてくる不安ないきもの
一度見れば　ありありとその顔つきは生涯忘れない

日毎夜毎に見せ物小屋に出没するミイラは

死を賭した予言のなれのはて　見たくもなければ見ぬがよい
見るなといえば　なおも見たかろうが
わが姿を家内に張りおけば　厄難病難たちどころに除く
なんちゃって

けして牛頭天王のような暴虐とは無縁の
いたってのどかないきものである
鼻面つながれ
右に倣えと厳命された予言
怖いもの見たさの
吉凶はあわずとも責任を問わない

しかいう
よって「件の如し」と
もとより　おのれのまぼろしである
一件落着とはいかぬ

半分（モワチェ）

急に尿意を催し
峠下の廃屋のかげで　ひと息つくたまゆら
湯気をあげる漏斗状の雪穴に
庇の氷柱（つらら）を突き刺す　さしてもない戯れの
くぐもる空虚に想像力のかたちを与えただけ
そばに大根があれば大根　ニンジン
ゴボウなりを挿し込んだだけのたまさか
リビドーの無明の身震いに
吾が身の成り余れる処を以ちて
汝が身の成り合わざる処に刺し塞ぎつつ

たとえば　国王シャルル九世にルーアンで謁見した
ブラジル先住民のトゥピナンバの言い分はこうだ
「あなたがたのなかには　あらゆる種類の豊かさをあふ
れるほどに持ちあわせている連中がいる一方で　その
〈半分（モワチエ）〉（彼らのことばでは　お互いに相手のことを半分
と呼んでいるのだ）が門口で乞食をして　飢えと貧しさ
とで骨と皮になっている」*

この世の凸と凹　ひかれあい
満たしあう日々の愛のかたち
手をつなぐテトラポットの
ジグソーパズルの海岸が
あろうことか
つぎつぎと大津波に飲み込まれた
掛け替えのない半分　引き裂かれたアンドロギュノスの半身

所詮　一個の人間とて半分なのだ
伴侶の伴は人の半分と書く
未開であることの
半分　生半可な
半信半疑の　半分
分かち合うことの半分こっきり

振り仰ぎざまに　半月を
眼を凝らして見る夜半　昼と夜
この世とあの世とて
半分こ　分けあって
めでたく一対となる

*モンテーニュ『エセー』（白水社、宮下志朗訳）所収「人食人種について」。

ワンジナ

目鼻はあるが
ワンジナ*には　口がない
この世でおきることのすべてが
示された神の言葉　心して聞け

草原を焼き尽くす火や
少女のほつれ毛に吹く風
茂みにひそむ野獣のほえ声も
地鳴りも　幸不幸いっさいがっさい

天蓋をささえる

バオバブの木の実に
アボリジニは創世の神　ワンジナを描く
耳をそばだて　目鼻立ちくっきりと

けして口は描かれることはない
世の始まりからの
いっさいがっさいが
神の言葉にたとえられ
しかと目の前にある

＊アボリジニ神話（ドリームタイム）の、雨と雲気の精霊にして創世の神。

イワシシ、神の森の木々

イワシシ（これだけ）　イワシシ　イワシシ
ニューギニア高地人のモニ族や
東部ダニ族の正確な数字は五まで　五本の指の五進法
それ以上は　手首・腕・肘・二の腕・肩・首と
身体のあるだけの部位を指して
数をかぞえる　それでもたかだか三十どまり
単純極まりない生活は
これで十分ことたりる　イワシシ　イワシシ　五本の指で

闇に葬られた死者の数は　決して微分されることのない命の数値
たとえばアドルフ・ヒットラー　八百万人

スターリン　千五百万人
ポルポトはやや少なめに見積もって　二百五十万人とか
きわめつきの虐殺者は体毛をたばねるように
愛すべき人民を死に追いやった　毛虱にたかられながら
その数五千万人とも七千万人とも
途方もない大雑把さだが　一・十・百・千・万・億・兆・京・垓・穣・溝・恒河沙
阿僧祇・那由他・不可思議・無量大数　万の数などたかが知れているってこと

まったく箍がはずれている　寿限無寿限無じゃあるまいし
所詮張り子の虎だ　すっとこどっこい
極悪非道の希代の人非人の化けの皮を剝げ　イワシシ　イワシシ
無限なんて知るもんか　知っているのは星晴れの星の数だけ
わななく魂と　つぶらな夜のまばたきと　イワシシ

セネガルのカザマンス地方では
ひとりふたりと　人をかぞえると

決まって命がちぢまるそうだ
「ひとりの人間」と呼ぶかわりに
「一本の神の木のきれはし」と呼ぶ

しきたりを破れば
木々にかぞえられる　山の神祭りの
樵もこの日は山から遠ざかる
人間はたとえば「一本の神の木のきれはし」
イワシシ　イワシシ　イワシシ　これがヒトの手・手首・腕……
愛しあうには　これで十分　イワシシ

＊ステファヌ・クルトワ、ジャン＝ルイ・パネ、ジャン＝ルイ・マルゴラン著『共産主義黒書』によれば、「ナチズムの犠牲者二千五百万人に対し、共産主義によって殺された人数は、ソ連二千万、中国六千五百万、ベトナム百万、北朝鮮二百万、カンボジア二百万、東欧百万、ラテン・アメリカ十五万、アフリカ百七十万、アフガニスタン百五十万を数え、合計は一億人に近い」とあり、必ずしも一定せず、ここではマスコミの既報による。まさしく「闇に葬られた死者の数」にほかならない。数値によって人類は進歩し、数値によって滅ぶ。

参考文献

本多勝一『ニューギニア高地人』（朝日新聞社）
サンベーヌ・ウスマン『神の森の木々・セネガルの息子』（新日本出版社、藤井一行訳）
ユン・チアン、ジョン・ハリデイ『マオ――誰も知らなかった毛沢東』（講談社、土屋京子訳）

リーマ・ボウイ、わたしの

イラクサの
そよぐ戦意を掻き分けて
リベリア政府軍とゲリラ兵の諍いのさなかに
モンロビアの熱風を纏い
肝っ玉おっ母のリーマ・ボウイ*が
スカートを捲りあげ
命がけの　啖呵を切る

凌辱（てごめ）と　性別を賭けて
母胎を裂く兵士の遊戯のあけくれ
無益な殺し合いの果てに

銃の先から平和は生まれない
お互い挽肉になるだけさ

いのちがどこから生まれてきたのか
とっくとよく見な
毛むくじゃらな星雲の闇の奥から
産声を上げた
剝き出しのいのちを祝福しないものはない
「おまえに命を与えた子宮の中に戻す」
素裸の大地母のおぞましい呪いに男どもは慄き
身じろぐのを見逃さない
「pray the devil back to hell」

なんなら　ほら手筒をぶっ放しな
決して嚙みちぎったりしないから

荒んだこころねを癒すのは
いつであれ胸乳と太腿
赤銅色の引き締まった腰を振るむすめたちのもとへ
砂漠に銃を棄て
折り合いをつけて
いさんで森の胸座（むなぐら）に帰っておいで

油臭いのはまだしも
硝煙臭い指で
弄り回されたくはない

リーマ・ボウイが素股で
やんわり言い含めるように
いがみ合う荒くれたちを
スカートのなかに包み込む

陽光を浴びて
パラシュートのように
草原をなびかせる
一陣の風を孕んで

*リベリアの平和活動家。二〇一一年にノーベル平和賞受賞。

II

手斧傷

上棟式の酒の勢いで
施主に襲いかかる代わりに
男座(おとこじゃ)の背骨のような
欅の大黒柱に振りかざした
楔形の手斧傷(ちょんなきず)

なまなましい傷跡が物語る
古びた家の来歴と　当て擦(こす)りの痛恨の一撃の
酒臭い語気の凄まじさが
刻みつけられたまま

お互いなにが気に食わなかったのか
戸主と棟梁とのあいだに
どんな激しい諍(いさか)いがあったものやら
今では知るよしもないが
まっこと　臍(ほぞ)を噬(か)むようなお話で
いまさら先々代の生恥を悔いても
所詮せんないことではございます

へそ曲がりの手斧の傷口に
煤煙がこびりつき
いくら毎日磨いても
奥までは届かない
いつからか穴の奥に
居心地がよろしいようで
蜘蛛まですみついて

朝蜘蛛夜蜘蛛　縁起をかつぐ
黒光りする木目の顔が　邪視をこらし
家霊のように　枝葉を茂らせた
落人の系図の行末を
しかと見下ろしている

川下

銭湯の朝の一番風呂は
昔から遊女が入る習いで
手びねりのこぶりな乳房と
腰回りにそって湯気がたゆたい
朝霧にまぎれこむ

町なかを流れるしじみ川は
遊女たちが流した白粉(おしろい)や
一晩中さいなまれた手遊び(てすさび)の肌理(きめ)を浮かべて
蜆貝をふとらせる

一晩泥を吐かせると　時折蜆は
あえかな溜息とも悲鳴ともつかぬ声をあげ
ひとの気配に堅く瞼を閉じた

川下の村では
女郎(じょろ)さんが泣いとるのだわと
こもごも世間話をし
深く銘々がうなずきあう

流し台の水のなかで
差し込んだ出刃の切っ先が
初冬のひかりをうけて屈折し

白目をむいた蜆貝が
肩を寄せ合うように
鍋の底にじっと蝟集しはじめる

揚げ雲雀

足腰を鍛えるためでも
そぞろ歩きでもない
生まれ育った在所の行き帰りは
一つ手前のバス停で乗り降りをする
あるかなきかの出自すら秘めて

通い慣れた隣村のバス停から
在所までおよそ七百メートルのみちのりを
蛇行する中流域の河川敷に向け
重い足取りで　毎日消しゴムで消すように歩く
口さがない人の目が

どことなく背中にはりついている

おりしも　土手下のくさむらへ
雲間からまぶしい囀りがもれ　急転直下するように
雲雀が一羽　舞い降りてきた
天敵に気づかれぬよう
巣から遠く離れて

ときには　あたかも手負いを装い
羽をばたつかせ
あたりをうかがいつつ　一気に
いたいけないのちに近づく

輝く中空へ　揚げ揚げ雲雀
高く舞い上がり
雲間から眼下の在所を

はるか見下ろすように
天高くはばたいている

冬眠

降り積もる白い時間のしたで
熊は掌に染みついたハチミツを
子熊になめさせて
ひとふゆをしのぐ　ときには掌の皮が破れるほど

ほだ木がはぜ
長年引き金を握り締めてきた熊撃ちの右手は
いくら炉にかざしても
かじかんだまま　ほぐれない
四百のいのちとひきかえに
同じ数の熊胆をえぐりとった生涯を
いまさら悔やむことはない

すべてはめぐりあわせなのだから
と言い含める

はじけとぶ火花の須臾(しゅゆ)を
みつめるたびに　皺深い眼がまばたく
ひとすじひとみのおくに光芒をひいて

冬があるから
百姓はからだが休まると言いながら
日がな一日　母は縄綯いに明け暮れる
擦り切れひび割れた両の手は穴が開き
ひとふゆふさぐことなくいのちを綯いこむ

生命線まで綯いこんだ藁縄は
またぐらからへその緒のように三和土(たたき)にとぐろを巻き
なめると　金気臭い血の味がした

火男

いやはや日頃はプロフェッサー　博士などと
持てはやされているこの俺が
いったん在所に戻れば
ただの田吾作　火男(ひょっとこ)踊りをご覧(ろう)じろ
お道化(どけ)た仕草はお手の物

お手製の大根と田芋を股間に吊し
振り摩羅よろしく　大穂ぶらぶら
下がった下がった　八重穂が下がった
四つ這いで囲炉裏を回り　時折仮面をずらして
差し歯をはずせば　醜男ぶりならだれにも負けぬ

歯抜けのアホ面　ど阿呆　ど助平　はたまた間抜け奴などと
あらんかぎりの悪罵と揶揄　なじられど突き回された揚げ句に
荒筵が捩れるほどにめでたくお多福とまぐわう

えぐられた面の暗い眼窩から
冷ややかに宮座を見回し
息遣いをなだめ　しずかに対面すれば
仮面が俺か　はたまた素面(しらふ)の　ひたぶるに直面(ひためん)にて
翁に一献伏し戴く　お下がりの
冷や酒が歯にしみとおり
このような日は無性におなごが恋しくなるもので
ございます

ひそかに差し歯を抜いて
桑の実のような乳首を挟む
舌先でじらし甘嚙み　ひとときの逢瀬を

逢魔が時を　幾度も狂おしくまぐわい睦びあう
胞衣笑い*を浮かべ
深く聖母子のようにまどろむ
つかのまの情事の夜は更けて
嘯く火男の暗い眼窩の奈落から
祭り囃子に混じって　かそかに虎落笛が聞こえる

*乳児がうかべる微笑。

ケンモン話

何しろ見えないはずの
ケンモンをじかに見たというのである
さりとて　見た人に出あったことはない

ガジュマルやアコウの木が生い茂る
一山に九千九百九十九匹　七枝七股の
ケンモン原は妖怪の棲家にして
斧入らずの森

機嫌を損なえば石を投げる
崖から突き落とす　尻子玉を抜く

目玉を突く　銃身をへし折る
呪い呪われ祟り祟られ　ついには気が触れる
なべてケンモンの仕業なり

ついては根瀬部に六百人収容の刑務所を造れとの
軍政府保安官シーハン中尉のたっての御達しに
さすがの荒くれの受刑者も
尻込みし誰一人斧を握ろうとはしない

「ガジマルを切るときは　畏れ多くも南西太平洋連合国軍総司令官
ダグラス・マッカーサーの命令ぞ
軍政官の命令ぞと称えよ
伐るものには祟りは来ない　来るとすれば
ひとえに命令者に取りつく」　山法（やまほ）を逆手どり
業を煮やした役人が秘かに悪知恵をつける

唾に呪いをこめて斧を握りしめ
ほどなくしてあっけらかんと密林は切り払われた
がらんどうのからんどりえ*
時に昭和二十二年三月　所は奄美群島三方村根瀬部小田院
棲家を追われたケンモンはその後行方知らず

昭和二十九年マッカーサー死去の報が伝わると
誰となく納得する
「やはりケンモンはアメリカに行っていた
マッカーサーはケンモンに取り殺されたのさ」
所詮　精神年齢十二歳程度の
妖怪の少年にしてやられたのだと

ひそひそ話の顰（ひそみ）に倣い
そのころからふたたびしきりと噂し合ったが
縦横に道が走り　新興住宅地が出来て以後

やたら原因不明の災難は増えたものの
とんと見たものがいない
見えないものは見えないままに
時は過ぎ行く
桜は咲いても　がらんどうのからんどりえ

＊カレンダー、暦を意味するフランス語。
参考文献
恵原義盛『奄美のケンモン』（海風社）

呼び声

水辺を歩いていると
どこでどう知ったのか
親しげにひたすら　人の名を呼ぶ声がする
そういえば　近在にはとんと見掛けないこどもが
秋祭りに紛れ込んでいたかもしれぬ

他でもない　水辺に住む
おかっぱ頭のカボソ[*1]に違いない
返事されるのが
堪らなく嬉しいらしい
喜色満面の笑い皺が水面(みなも)に浮かぶ

つい迂闊に答えれば
葦間から何度となく　いちずに人の名前を呼ぶ
しかも呼びつけにする
くんも　さんもない　まして殿も
その点は神と同じ　なんと不躾なままに
この世の仕組みが
分かっているのかいないのか
ことさら分け隔てない

茂みが風になびき
葦間からひとすじ　細く幻聴のように
呼び声がときたま聞こえるが
振り向いても今はだれもいない
水面に浮かぶ泡沫（うたかた）混じりの
葦手書き（あしでがき）*2の文字を

読み解くものなど尚更今は
波紋の深い静寂(しじま)に沈む

夢まぼろしのうつし世の
とっぷりと暮れなずむ水音と
葉擦ればかりして
佇む切り岸に
行き暮れて　やがて黄昏

＊1　「カボソ」はカワウソの約音で、河童と同義。
＊2　「平安時代に行われた文字の戯書(ざれがき)。水辺に葦などの生えた風景に草・岩・松・水鳥などの形を仮名・漢字で絵画化して書いたもの。」（『広辞苑』）

おんねも祭り余聞

おんねも　おんねも
おんねもと
おさがりの赤ままをもとめて
われがちにとさしだされる
善男善女の手　奪い合う手のなかに
ついぞこの辺で見掛けたこともないわかものの
おずおずと破衣の袖口から
遠慮がちにさしだされた左手には
うまれつき手指がかけていた

底をついた飯櫃のふちに

こびりついた赤ままをかきあつめて渡せば
ぺこりと一礼して　両のたなごころでおしいただく
ひもじさをなだめ
赤ままをにぎりしめて　頬ばろうとすると
神々しい手指が
いつのまにか生えていた

おんねも祭り*の由来を聞きながら
おすそわけの赤ままをいただく
利き手は右手なのになぜか左手で
おんねも　おんねもと

*おんねも祭りは、毎年十二月三日に輪島市門前町道下の諸岡比古神社で行われる。「おんねも」とは「俺にも」という方言。

人枡田（とぅんぐだ）

いかに気ままな天気相手にしろ
たとえば一反の田から
何俵の米が収穫出来るか
島人（しまんちゅ）の生死を占うように　ある日不意に
波立つ干瀬（リーフ）の向こうからがさつな役人が島に乗り込んできて
険しく半鐘を打ち鳴らし

老若男女　善男善女問わず
サトウキビの葉影で野糞をこいていようと
アダンの木の下で　木漏れ日にまぎれて
鳳仙花（てぃんさぐぬ）の爪紅の

背に食い込む理非知らず*
低くひくく野をかき分けて
吹き募る真南風（まはえ）のなかに
鐘の方位を聞き分け
音の鳴りやむまでに
口減らしのため　米の代わりに
人がひとを計るゆえに　人枡田と呼ぶ

わずか五畝ばかりの崖っぷちの田へ
いかに早く駆け込み　何人入りうるか
換算された鮨詰めのいのちの値が
今年の一人分の扶持となる
その余は存知せぬによって
きりぎしから礁池（イノー）へと計り落とされると知れ

田の畔を夜陰にまぎれ

タビネズミのように痩せた畦をせせる
不意に足元を掬う　時にはまぼろしを飼い慣らす
猫背のヤポネシアの島を脱ぐ
ニライカナイの凪に向き合い　来し方を問う
ついには須らく(すべか)忍従という名の国の軛(くびき)をはずす

*四十八手のラーゲの一種。

柿の木問答

その期におよんで
ブスだとか醜男だなんて
いってはおられない
嫁取り当日まで
相見知らぬもの同士が
新床(にいどこ)のなかで初夜を迎える
縁はすなわち神仏の御意
受け入れるしかない
むきだしの息衝くいのちがそこにある

とまれ　どちらからとなく

はにかみながら
自宅の庭の柿の木について
とつおいつ話し始める
ことにする

今年は裏年でなりが悪いとか
逆に表で良いとか　なんだかんだと
どこにでもあるとりとめもない話を
たがいにうなずきあいながら
あれは甘いの渋いのと
世間話を交わしつつ　いつか
旧知のように親しくなって

柿の木に登ったお転婆の
白く切れ上がった腿(ももた)が
闇の中にしだいにほめき色づく

ふたつに割った柿の実の
ゴマのような甘い時雨が
中庭の柿落葉を
しっとりぬらし
雨音がしだいに遠ざかる

蛸

生きるか死ぬか　食うか食われるか
蛸とても必死なのである
長年住み慣れた海の底をなおのこと離れたくはない
相棒も仲間もいる
ひもじかったので
餌のついた疑問符に食らいついたのがいけなかった

海も蛸に加勢した
漲る張力　激しい息遣いが
釣り船をゆさぶる

手ぐすね引いて　弧を描く
漲る天蚕糸(てぐす)

意外や釣り上げて見れば
たいした大物でもない
咄嗟に傍の石を三つばかり
海底(うなぞこ)から抱えてきた　根掛かりでもない
甲板でしたたかに墨を浴びせられた

海の生き物との綱引きは
所詮駆け引きなのである

石三つ　道の辺の石仏に供えた
ひと言野の花を添えて

III

惨事　あるいは牧童の夏

「しんくうかん事件」の詩人に

なにが起きたのか　さても
操り糸の切れたダンス・マカブル*
実に中国初期王朝の夏が滅びたのは
はるか四千年も前の事ながら
山西省陶寺村の廃墟から発掘された
半ば化石化した時間の深層
を横たえて
白亜の若い貴婦人の骸骨の
押し広げた股間には
猛り立った雄牛の角杯が
楔のように撃ち込まれたまま

長年の仇富が鬱屈し
ときに陰惨な欲情を募らせて
一気に奔出するかのように
嬲り殺しの
苦痛に歪んだ背骨は反り返り
面長な髑髏の断末魔と
垣間見る阿鼻叫喚の奈落の底で

落ち窪んだ眼窩が見詰める
たちこめた王族の桃色の深い霧
圧政と酒池肉林の果てに
おそらくは身ぐるみはがされ
日頃手懐けた痀瘻の下男や
温順な農奴に幾度もさいなまれ
角盃を責め具にやおら止めを刺す

血走る反乱の夜の惨事を

ありありと思い描きながら
白河以北一山百文の臈たける遊女の
競りあがる甘い腹ずりのうえ
奥飛驒温泉の安宿の
湿気臭いせんべい布団を捩じらせ
絡み合う骨と肉　いっときのダンス・ダンス・ダンス
ダンス・マカブル

ひとしお流離の身の上話に相槌を打つのも相身互いと
やおら角盃の持ち手を角笛にかえ
峙（そばだ）つ山峡を撓めて
夜の底を低く流れるせせらぎを
せめてひたすら奏でよ
夏の末の牧童として

＊死の舞踏。

胸座（むなぐら）

しらばっくれるな　犠牲はいつも無辜（むこ）の民ばかり
もはや世の中を救う力も
すべも御身にはないのではないか
ひとごみのなかで
ふと目が合った老いさらばえた男を
路地にひきずりこんでせりより　胸座をしめあげつつ
はげしくなじり　毒づく

なにを言いなさる　だいそれたことを
わしはただの老いぼれた乞食（かったい）ではないか
あの世のことはみこころのままに

おまえなどはとても　目じゃないが
おぬしのことはけして忘れまい
二言三言　わずかに言い残し
濡れ雑巾のような悲しげな目をして
V字型に裂けた新聞紙のむこうへと
背なをまげ肩を落とし　よろぼいつつ
やせさらばえたすがたを消した

はなぞののにおいを残して
胸座をしめあげた手が
いっとき　かじかんだまま

無理にこじあけると
木の実がひとつぶ　黙契の証しとして
涙のようにてのひらからこぼれおちた

願をほどく

もはや鎮守の祭り手もなく
これぞ今生の別れと
産土(おぼすな)なれば
歳神を送る左義長の火とともに
天にお届け申す

飛び火したのではない
最後の左義長の火が燃えあがると
まずは摂社の火の神愛宕に
ついで同じく秋葉の藁屋根に点火し
居並ぶ稲荷　大将軍　祇園　塩釜　春日　山王　住吉三神と
続けざまに火を放つ　むろんそんじょそこらの

狂気などではない　まして正気ではさらさらない
産土の神に問い　問われ　思いあぐねて神を殺す
焼き尽くす　南無や八幡大菩薩

燃え盛る松明の火箭(ひや)を社殿に投げ込み
ここに幾千年の　万人の願をほどく
ほどかねば成仏できぬ　大願悲願の夢の空蟬(うつしみ)

かつて百を数えた谷間の村が
いつしか立ちいかなくなり
廃屋は朽ちるままに蛇蝎(だかつ)の巣窟とて
ついには一戸となり果てた
先年連れ添った妻も先立ち　いずれも児孫はふたたび戻らず
立ち居振る舞いもついにはおぼつかず
今はこれまでと万策尽き　老残の破れ傘を折りたたむ

満月を焦がす紅蓮の炎が社殿を包み
かつて神輿が練り　風流花(ふりゅうばな)が舞うように
燃え盛る神々とともに　藜(あかざ)の杖に縋(すが)り罪過を一身に背負って
火の海へ飛び込んでいく

あろうことかその時　神木の乳垂れ公孫樹(いちょう)が渾身の樹液を噴き出した
タブやヤブニッケイも次つぎと加勢して
万年の森は生き残り　千年の村は立ち消える

燃え燻る社殿の中から
黒焦げの石神(みしゃくじ)*が一体
怒張する一物のように立ち上がり
焼け跡に散らばる
つぶらな椎の実ほどの願を拾い始めた

*諏訪信仰に溯源をもつ、原初的な民俗神。

騙し絵

深々と腰を下ろした便座で
一息ついた途端　不覚にも顎が外れそうな大欠伸（おおあくび）のなかから
巌頭にたって遠吠えする狼が
二重身になって立ち現れる一瞬
蒼い血糊したたる
さえわたる三日月の牙の切っ先
むさい無精髭は普段どおりだが
むろん狼男に化けたわけではない

もどかしく胸をはだけて
乳房にかぶりつき

甘嚙みの愉悦に深くまどろむ　愛のいとなみ
たらちねの母を食い初めし
げに　御犬(おいぬ)の経立(ふったち)*1は恐ろしきものなり
カモウゾ*2が来る　ガゴ*3が来るぞと夕な夕なに
幼子を脅しつつ　歯固めの骨肉相食(ば)み
空立ち青立ち　穂首はくなづかず
餓死年(ガッシンドシ)の冬をおろおろ食い繋ぐ
血みどろのいのちを綯う　円居(まどい)の股ぐらの闇深く

便座の底の奈落にとぐろまく
くちなわが鎌首をもたげようとするのを
蓋で押し込み一気に水を流す
寄る辺ない流民の
二十階建マンションに張り巡らされた下水道のなかから
逆巻いてジュラ紀の大河が流れ落ち
ドア越しに　なんのことはない

河馬がゆっくりと
大欠伸をとじるのが見えた
月明に屹立する巌頭は　よくよく目を凝らせば
実は河馬の虫歯だらけの犬歯で
あんぐり開けた口の中　ナイルチドリがしきりに
食べ滓を啄み
やがてつぎつぎと摩天楼（スカイスクレーパー）に蟻塚の灯が瞬く

*1　年へた狼が妖怪化したもの。
*2、3　カモウゾ、ガゴとも黄昏時に出現する妖怪。

女郎虫（じょろむし）

身の程を知ってか知らずか
木漏れ日の一滴になりきって
身過ぎ世過ぎをする虫けらもあれば
木の葉や棘ばかりか　花や糞にまで
みごとに擬態するものもいるなかで
わずか一寸ばかり
渡る世間を何ら憚ることもなく
洗濯ものに紛れ込んで
小春日の差しこむ部屋に
いつかど悪臭を振り撒くオガムシ　ヘクサムシ

そこですかさず女郎虫　女郎虫と唱え
当たらず障らず
へりくだり精一杯煽(おだ)て
褒めちぎり　かつ宥(なだ)め
況や敬して遠ざけて
臭気を封じ込める呪文は
言霊の幸わうミカドの国の
お得意の常套手段とはいえ

奄美では天道虫(てんどろ)きょうららーべ
清らな美しい娘と呼びかける
かと思えば
色もなく匂いも出さず
さりとて千年万年
山野河海を汚染し続ける
うから輩の

得体の知れぬ獅子身中の虫が
今なお国中にはびこり
ことごとく全身を蝕む　天道虫
きょうららーべ

ベロベロかんじょ

丸貫いやないのと
妻が怒るのも無理もない
人知れず放った屁ほど
人一倍臭いものと決まっている　なのに

風下に位置する
浪江町　飯舘村　川俣町　南相馬市
せめて色なり
匂いなりつけてくれと
冗談口をたたいても
詮無いことと

ひそかにベントは行われ
あげくは水蒸気爆発だの
水素爆発だのと
庶民にはいっこう無縁な数値を持ち出して
ただちには影響はないと
その場しのぎの虚言で
宥(なだ)められるわけにはいかぬ
「京は遠ない十八里」とはいうものの　気疎(け)い*
九十万京五千兆ベクレルという
身の毛立つ途方もない値が
海洋と大地に拡散し　攪拌され希釈されて
いずれは食物連鎖と内部被曝
血税で跳ね返ってくることぐらいは
だれにでもわかる

放屁の犯人捜しは
ベロベロかんじょ*
ベロかんじょ
折った小枝を掌で回して
ダウリングよろしく
今の屁はだりゃ放った　放った方へちょいと向け

汚れた札束で顔をはたいて
血走る地震列島に
だれがつぎつぎと災厄を
持ち込んだのか
とくと見極めねばならぬ
ベロベロかんじょ
虚言の舌の根の乾かぬうちに
そのベロを抜け

＊「京は遠ない十八里」は「気疎い」にかかる若狭の俚諺。

＊太田全斎『諺苑』には「ベロベロの神ハ　誰ヒッタ神ダ　ヒタホウヘツンムケ」とあり、「かんじょ」は神の来臨を乞う「勧請」か。

ねこ鍋

すめらぎの国を背負ひて軽き身ぞ
——大木惇夫『豊旗雲』

なぜ猫は土鍋に入るのか
ねこ鍋の考案者の
愛猫家エレファントさんが
エッセー「ねこ鍋ネコらの日々」のなかで
あれこれ薀蓄を傾けている

答えは至極簡単
ご存じ　ネコは寝子　ネコは猫背
寝転がりひととき憩うかたちが
たまさかそこにある
土鍋の湾曲する縁に沿って

習い性になったまで
断然ネコ派を自認する　生まれ変わりゆえ
猫の気持ちならお任せあれ

まほろばの大大和の国
白河以北一山百文の　痩せ震える三陸海岸沿いに
背なを屈めて歩む
秋津島敷島の道

小春日和の窓際に置かれた
琥珀色のひだまりの土鍋のなかで
にこ毛の腹を見せて
秋津島が丸くなっている

これぞまさしく惟神（かんながら）の道
猫だましも　猫かぶりも

いっさい無縁に御座候
背伸びするように　さもあらばあれ
思いっきり万歳がしたい
生欠伸（なまあくび）でもましてや降参でもさらさらなく
弓のほこなりに撓む花綵（かさい）列島*
ヤポネシアの天つ御空にむかって存分に
聖寿を寿ぐ

* 「円弧状または弓形に排列され、花綵（はなづな）のような形をなしている列島」（『広辞苑』）

夢の付喪神

たまさか千年に一度の
嚔(くさめ)をしただけなのに
海の記憶が大地を覆った寒い日の不意

往く手を阻む瓦礫の山が軋み発熱し
あちこちで荼毘のうす煙が上がる
もはや国見をするものはだれかある

胸座を摑んでかつあげし
解体された空き地に
突如不用品が積み上げられる
ヤードと呼ばれる都市鉱山に

かつて用途の美を競いあい
身の丈に寄り添ったつもりの
見る影もない意匠をさらして

瓦礫の隙間から
器物が呻き声を上げる
吹きすさぶビル風に切り刻まれ
苛む魑魅魍魎の巷(ちまた)八(や)街(ちまた)

凡そとはいうな
夢幻なのではない
葦間はおろか岩陰
毛根や歯間　指のあいだまで
分けて等しく魂の行方を追い求めよ

大小のしゃれこうべが時折

暗礁の海底に淀むように
なにか話しあっている
被曝した大ヤドカリの群集の
寄る辺ない荒魂をこそ悼め

核と呼ばれた悍(おぞ)ましい悪霊の
三度のみたまの冬
燃え盛る坩堝が
未来をことごとく奪い尽くすのを見据え

百鬼夜行を従えて
一路アメリカンドリームの
はるかな対岸を目指し
付喪神(つくもがみ)を乗せた幽霊船が
霧のマンハッタンから
おもむろに姿をあらわす

橋姫幻像

暴れ川の汽水域に差し掛かれば
昇る陽に沸騰する　葦原のオゾン
橋を渡るたびに
犬たちがいっせいに吠えはじめる

かどわかされ　深夜の飯場で
輪姦(まわ)された少女たちが
川砂まみれの裸体を
橋桁に亀甲縛りに
括り付けられる
手慣れた仕種でうなじにお神酒を注ぎ

容赦なく生コンが注入され
海に向けて橋脚に埋められた
七人ミサキの女人列柱（カリアティード）
流れのさなかに人柱を建てて
怨霊を守護となし
行き交う人々の安穏な日々を
突如揺るがせ

打ち寄せる海嘯の
黒い砂泥をしたたかに飲み
津波肺の年縞が
橋姫の来歴を物語る
迫りくる怒濤に

咽喉元を締め上げられた
いたいけな少女たちの姿を

めざとく野犬が嗅ぎつけた
橋に向かって遠吠えをするのが
汗むさいあらくれたちを
夜ごと慄かせ寝苦しくさせる

よもや托卵されたのも知らず　ひとしきり
橋掛かりでヨシキリが鳴いた
ほどなく川霧が立ち込めて
遠くで夜が明ける気配がする

野良牛

あの日は淡雪の舞う　うすら寒い日でしたよ
洗いざらい攫われ　オシラサマも流された
ウマゴヤシの砂地を　イソシギが走る潮騒の岸辺
ことばは立ち竦み　貝の形に蹲る
被曝は未来を覆い　暗雲は垂れ込めたまま
カエリタイケドカエレナイ

のは　生身の人間だけではない
一時帰宅という名の
四度目のお盆が来ても
照り映える雲井の裏地に
精霊は足止めを食ったまま

座敷童の戻る家とてなく
天地の底ひから海嘯に競り上げられ　波の穂に乗って
今生の縁側に屯(たむろ)する餓鬼
炎は失語の喉を焼きこがす

帰還困難地域に　辛うじて家が残っていても
草生す墓の位置すら知れず
白髪交じりの毛根と　草木にまとわりつく
毎時三十マイクロシーベルトの放射線に透視され
夕日を浴びて立ちつくす木々
鼻血を流した石仏の群れが
路傍の往く手に立ちはだかる

わたしは元始(アルファ)　わたしは終末(オメガ)*1
夜の引き明けの　新しい天と地を開く
サタンに身を委ねた裔のものらが

預言と錬金術を以て　この世に終末をもたらす
水の源は枯れ　にがよもぎ星は苦く[*2]

すでに故山に人影もない
ホルスタインの野良牛のひと群れが
山の斜面の斑雪(はだれ)に紛れこむ
もはや擬態となって
生きるしかない　われらは
神々をもどくものなるゆえに
さしずめ野火を
高く掲げ
まずは路傍の小さな神に額づく

＊1　『聖書』ヨハネの黙示録より引用。
＊2　ロープシン「闇の公爵ではなかったか……」(『ロープシン遺稿詩集』白馬書房、川崎浹訳)より引用。
　チェルノブイリの語源は「にがよもぎ」に由来。

IV

首なし馬

わけても悲運の武将大谷刑部吉継は
天下分け目の関ヶ原合戦に
乱世に義を貫いて参戦し
癩を患い盲目の身ながら

負け戦と知るや配下の湯浅五助に命じて
馬上にて自刃　半身出掛かり潔く
斬首させたと「慶長年中卜斎記」にある
天晴な美談めく故事の
ありようはさりながら

こちとら手綱を捌こうにも
なにぶん首がないのである
汗血馬の葦毛のトルソー
鬣（たてがみ）を爪弾く竪琴の風の調べがよみがえる

熱い鼻づらを撫でようにも
抱きしめて頬摺りすらままならず
肝心の首が切られたまま
跨る敗残の武将の姿もさらぬだになく

屍を踏み分け　軍場（いくさば）を無暗に駆けている
彷徨うほどに　ほどなく沼の畔に佇み
やがて風が落ちて　ひときわ水が匂い立ち
さざなみが鎮まると

木漏れ日に射抜かれて

水面に葦毛の馬の首が映り
胴震いと遠い嘶(いなな)き
武将と共に深い沼の底へと
静かに降りていく　血腥い時代の
旗指物と赤母衣(ほろ)を淵に残して

箕を憐れむ

小春日の軒端に
古びた箕が干してあるのは
いたってのどかな景色には相違ない

とはいえ　甲羅干しには非ず

時に元治二年（一八六五）二月四日
水戸天狗党の三百五十三名の烈士
次つぎと松原の来迎寺裏の処刑場で
斬首され　俯（うつぶ）せになった尊攘激派の
悲運のもののふの背中は

いずれも裏返しの箕の形　よって
箕裏を立てて干すことを忌む

斬罪された阿鼻叫喚の
時代という竹矢来を隔てた
幕末の動乱の歴史の一齣を
今なお悼み　憐んで
箕の暗喩で伝えている

風選された
粃（しいな）が舞い落ちるように
機が熟さず　無惨にも
時代に裏切られるものがある
若狭弁で粃は実薄（みょうし）と呼んだ

けだし箕は両手で
小春日を浴びるように
恭しく受けるものである
決して血しぶきで贖(あがな)うものではない

まして　見たくもない
破れた箕のあばら骨など

金歯

ヤマンドと呼ばれた
誰もが嫌う穏亡の
秘かな楽しみは
燃え燻る骨灰のなかから
わずかな十八金の金歯の塊を
さがしだすことで

時にははずし忘れた金の指輪やネックレスも
川瀬で砂金を掬うように
笊(ざる)を日がな一日振り続ける
いよいよ背中が痀瘻のように歪み

おいそれとは立ち上がれない
何くれとなくこの世の窪んだ地べたばかりを見て過ごす
お天道さまさえまともに拝めない

金歯を被せる人は
よほどの金持ちらしく
生前獅子頭のような厳つい顔つきで
金歯を誇らしげに覗かせて哄笑し
ことあるごとに
穏亡をこき使っていたものだが
せめて死後は施しをするように
わけまえをいくらか残す世の仕組み

竹藪が覆いかぶさる焼き場の
身過ぎ世過ぎの
竈口からカマドウマが這い蹲って出てきて

ひと息つき　ひとまわり世間を見渡すと
罅割れた煉瓦造りの竈を
ひと飛びに飛び越え
暗闇の向こうへと姿を消した

吃水

水に溺れると　男は
なぜか俯き下を向く
女なら決まって
天心を仰ぐ
人智を超えた世間の決まりごとなれば

手を繋ぎ入水した
性を隔てるたゆたう吃水
いったん深く海底に引き込まれ
浮上し　男なら下に
女なら上に　ゆっくりと向きをかえる

男には朝ごとに決起する
重いふぐり
女には月毎に充血し　たわわに結実する乳房と骨盤

正常位に戻り　見つめあう瞳の奥のあんどろめだ
マグマ溜まりの地軸に向かって
火箭（ひや）が放たれ
ほとばしる乳房のやわらかい空の稜線
宇宙の果ての　きらめく
雲の繭から天使の梯子を伝って
いのちの火種を受胎したのも束の間

はるかに岬を回り
明滅する灯台に別れを告げて
寄る辺ない二つの魂が
離れ離れに澪を引き　潮の目も綾に
海峡をさすらっている

釣針は波間に吊された永遠のクェスチョン
常世のサチをつり上げる　サチは釣針の語源なれば
ドザエモンは大漁をもたらす夷神なれば
逃げ惑う船虫を払って
左舷から引上げ右舷から陸に下ろす
手慣れた漁夫のしきたりが
ふなべりに深く刻まれている

耳塞ぎ餅

聞きたくはないし　見たくもない
あざとい世間の惨事　はたまたむきだしの死体
わけても同い年の　幼馴染みの突然の死は
ことほどさように　身につまされるものはない
つぎはおまえだと　命運つきて
死の足音がにじり寄ってくるようで

耳の大棟　六つ七つ　良いこと聞くとも悪いこと聞くな
鶴は千年亀は万年　浦島太郎は八千年
東方朔は九千歳　三浦大介百六つ
良いこと聞くとも　悪いこと聞くな*

などとあわてふためき　こけおどしの呪文を搗きこね
大言壮語の大ボラを吹いて　丸めた餅を耳にあてがい
終日　ほの暗いかたすみにうずくまる

ひとり世間を遠ざけて
閉ざした耳の奥で
近づいてくる足音が遠ざかるのを
じっと胎児のように聞き耳をたてている

しだいに心音が高鳴り
足音といりまじる

白鳥(しらとり)の羽交に
霰たばしる日

＊福井県美浜町新庄に伝わる、「耳塞ぎ餅」の唱え文句。

魔除け

ねっからの水飲百姓なので
なまくら刀の一振りすら
屋内（やぬち）のどこをさがしても
無いのだった
銘のある脇差を
元庄屋は貸してくれたが
喪主の息子は鄭重に辞退し
日頃愛用の稲刈り鎌を
厚い胸元に置いた

少し錆が噴き出た稲刈り鎌は

よく手に馴染んで
泥にまみれ　尚も
血と汗と唾が沁み込み
今にも組んだ手を解（ほど）いて
起き上がりそうにも見えた

農繁期の田圃が待ち構えるように
喪家の周囲に広がり
決められた葬式道をひと廻りして
玄関に節分の魔除けの竹串を挿した
住み慣れた家を後にする

刈り残した穂を
よろけながら摘みとり
落穂も拾って
食い扶持に当てるかのように

コンバインのあとについて回る
役目を晩年の自らに課した
上弦の利鎌にして
けして諸刃に非ず
草いきれのする　うつしき青人草*
鋸歯の鎌を一期の魔除けとして

*民草、国民、蒼生。

渡し箸

日頃の口癖のように
渡し箸をするなと
理由も告げずに
きびしく窘(たしな)められた
箸のしきたり

劫火にあぶられ
ほどよくひとくれの骨灰となり
読経にまじる　六親眷族の嗚咽を噛み殺しながら

祖母ののどぼとけが

木と竹の箸から箸へとつまみあげられ
やがては両のたなごころほどの

小さな骨壺にすっかり収まってしまう
それはなべての納得のようであり
ひとやまを越えた
安堵のようでもある

骨壺は温石(おんじゃく)のように
抱きしめる喪主のふところを
ひとときやんわりとあたためる

ひとくれの故山の土に戻るために
骨壺の底は
抜いておかねばならぬ

のどぼとけという
声が言霊ともなる
この世の絶妙なしくみ

たしなみはいつも
古来のならわしとして
ことさらの何の理由づけもなく
わななく手で握りしめた
箸から箸へと受け継がれていく

骨を誉める

みごとな喉仏ですな――
百人に一人　いや
千人に一人というと
誉めすぎ　お世辞になりますが
近頃とんとお目にかかってはおりません
ほら　きちんと印を結んで
背筋を伸ばして端然と座っておられる
色具合も貝殻のように清らかです

指仏のしなり具合も尋常ではないですぞ
まるで弥勒菩薩のようですな

骨格も頑丈　さぞかし働き者だったのでは
日頃人知れず徳を積んでおられたのでしょうな

借金で首が回らなくなって自殺したことなど
知ってか知らずか
ことさら六親眷属を前に
さも務めであるかのように
故人を誉めちぎる
生前あまり誉められたことがないので
亡者は戸惑い首をすくめ　妙に畏まっている

なるほど借金をする徳
女を泣かせる徳もあるのだと
今頃気づかされる
積善の陰徳が
骨灰のかたちで

しらじらとかろうじて残される

一同とて面はゆい気もせぬでもないが
淡々と渡し箸で骨壺に納めたものの
はてさて穏亡
いや　今では派遣の火葬員とて
身覚えや言い分　魂胆が
なにがしかは　あるのやもしれぬ

ツチノコを引く

二度あれば必ずや三度の理(ことわり)
後厄で父が急死し
相次いで祖母が亡くなった
三人目を出さぬために
寡婦となった母が
喪主として村通りを罪人(とがびと)のように
腰縄で繋がれたツチノコを引いて歩く
曰く一人死ねば二人　いつも三人でひとまずは終わる

いっとき栄華を誇った家が逼塞(ひっそく)し
母子二人きりの生活がはじまる

相次ぐ不幸に　この世の片隅で
九歳のわたしは心細さでうち震えていたのだった
引き摺る砂塵まみれの乾いた音が
今も耳朶（じだ）を離れない
身無し子にはならず
何とか曲がりなりにも
今日まで生きてきたが

時には我が身にもジンクスが及ぶ
掛矢（かけや）の手元が狂い
右手の小指を骨折した
剝がれた爪のあとから
波立つ偏爪（ひらづめ）がのび
半年経った今も
まだ指先の感覚が戻らない
で　フィンガーテクニックが

思う存分に使いこなせない　で？　で！である

ついで地獄の余風（あまりかぜ）が吹いた猛暑の夕刻
枝垂れ桜の枯枝を摑んで落下し
腰椎圧迫骨折で三週間入院した
村内で三人目の大怪我で
不思議とそれが打ち止めとなった
世間はひそかに安堵の胸をなで下ろした

一つあれば二つ　二つあれば三つ
更に前立腺のＰＳＡ検査値が急に上昇した

生検の結果何とかクリアしたものの
三人いてもいずれも一人
降り懸かる厄は払わねばならぬ
日向ぼこをしながら母が莢果（きょうか）を打つ

勢いよく小春日に豆粒が弾けとぶ

母がツチノコを引いた日
心細さで震えていた少年の日の
この世の片隅で　ひとまず正座して当座の
世間の行く末を眺めている

*ツチノコは豆打ちの小槌で厄払いに使われる。
ツチノコ蛇はその形状が小槌に似ていることから名付けられた。

骨噛み

後厄であえなくも身罷(まか)った父は
その陰徳によって
習わし通り少し食われた
少しだけぼくも食われた九歳の春

逼塞した村長の家に　半島の網元から婿入りし
若くして村を采配して
無難に農地解放をやりとげた
細身の北面と桂園派歌人の裔*
まなざし深い叡智に肖(あや)かろうと

並み居る六親眷族の輪を破り　山陰の三昧の
背後から進み出た村一番の強面の極道者が
神妙に恭しく押し頂き
ひとつまみ燻る緋色の脳髄を嚙み砕く
面汚しのその自覚やよし
しばらくは世間の話題となり
やがていつしか忘れられる

喪主として　その四十年後の春
遺習に倣い
無明の命をこの世に胚胎した
農婦の図太い骨盤を
竹の箸で火床から掻き出し
軽い眩暈と嗚咽まみれの悔悛とで
無味無臭の遺灰のひとつまみを飲み下す
享年をまたいで　いくらか生き延びられる気がした

つつがなく葬儀を終えて　爾来十三回忌
喉仏を詰めた骨壺は本山に納め　垣間見る深山の
垂り雪のような冷えた熾火の鎮り
母の魂はようやく息子の臍下丹田に治まり
家と村の行く末を
静かに見守っている

*亡父の祖父は桂園派歌人の松波資之（遊山）。安芸藩士で北面の武士。柳田國男の次兄、井上通泰の和歌の師匠として松岡國男（柳田）を柳田家の養嗣子として紹介したことが柳田の『故郷七十年』に見える。

含羞の花

挽歌

ネムの枝葉の泡立つゆで汁は
習わし通り　髪をしなやかにし艶が出る
もろ肌を脱ぎ　俯き加減に
耳はさみの引っ詰め髪を梳かして
母は麦秋の　埃まみれの髪を洗った

唐辛子を塗り　乳離れをさせた
小ぶりな乳房を曝して
ふと目が合うと　ゆくりなくも
腋毛がネムの花のように紅く染まった
もしかすると板戸の隙間を漏れる

暮れなずむ初夏の夕影かもしれなかった
キリギリスが明かり障子にとまり
しきりに柱時計の発条(ぜんまい)を巻いている

大空に天蓋の枝葉を広げて静かな木陰を作り
淡紅色のネムの頭状花序の果たてに
隆々と積乱雲が湧きあがる　梅雨明けの
野がいっとき甘く気怠(けだる)い匂いで満たされる午後
やがて一面に夕靄がたちこめてくる

三十代半ばで寡婦となった母に
あられもない春画を見せて
煙草小屋へ誘う下世話な男も居れば
菓子店の丁稚に侮辱されたと
怒り悔しがったこともある
何を言われたかは　巫山の夢よ

夢精を知りそめて
だいたいは察しがついた

大正三年生まれの五黄の寅は
夫を食い殺すと貶(けな)されながら
祖母が安芸藩の小姓頭の出で
養子の父の出自を折につけ自慢したが
亡くなる直前には
病弱な父を強くなじるのだった

掛け替えのない一人息子のために
長年頑なに孤閨を守って
齢八十三歳で母は世を去った
往く春のネムの葉影に忍び寄る
夕間暮れの長い睫(まつげ)を閉じて

人目を忍んで
萎びた胸乳に軽くくちづけをし
今生の別れを告げた日　ゆくりなくも
ネムの葉脈に似た風切り羽の
この世の繋縛（けばく）をほどく
強い羽ばたきを聴く

木の墓

伐った松の皮を剝ぐと
人名と生年　他界した年月日を刻んだ
白い木肌が香り立つ
過去帳に記された　数代まえの
俗名がそこにある

コルク状の樹皮を楕円形に剝いで
樹幹に刻まれた
先祖のひとりの名前が
怪我が癒えるように
数年後樹皮に包まれ

閉じられ　木の命を永らえる
樹皮から滴り落ちる松脂は
生前の辛苦の日々の　汗か涙のようでもあり

数百本の松林のなかから
目隠しをして
一本の木を探り当て　無闇と
慕わしげな感情のおもむくままに
抱きつき　抱きしめ
伐り倒したものが
生まれ変わりの証しとなる
村の習わしどおり
また一本の松の幹に　夜更け
ひとの生死が深くありありと刻み込まれる

極楽縄

いつの世か知らず
だれとはなしに呼び習わしてきた
極楽縄はそれとなく　その日のために
平生のうちから自分で用意しておく
急に縄を糾(あざ)ない始めると
死期が近いことを
だれもが納得するのである

一巻四十二尋の荒縄は
骸が硬直するまでに　ときには関節をはずし
いまわの阿鼻叫喚をなだめすかすように

矩形の座棺を六親眷属が取り囲み
只官打坐(しかんたざ)の姿でおさめるため
体中をしめあげ緊縛するのである

人呼んで　がんじがらめの極楽縄
悪鬼になって暴れ
この世にあだをかえそうとの
深いたくらみがあるやもしれぬ

縄目もあやに　体にくいこむ荒縄が　やがて腐るころには
タブや藪椿の根が毛細血管のように骨格にからまり
自縄自縛の姿で　はるか西方にむけて
さんまい谷(だん)の段丘を
幾世代となく埋め尽くし　今生の想いで
眼下の村をふかぶかと見下ろしている

人知れず　地中で
魔除けの結縄が　ほどよく土になるころには
恨みもそこそこに
鎮まるものとみえ
一輪草のマント群落が風に靡く

物言う草

引っこ抜いて
石の上に置けば
いつか風の吹くくわす
木の上に置けば　馬上のごたる
よか心地して　どっこい
いつか風の吹くくわす

神代の昔から
石根（いわね）木立（こだち）青水沫（あおみなわ）も言問ひて荒ぶる国なりとは申せ
ものかげに咲く　切り取られた青空の破片
ラピスラズリいろの

いと清らかで左右相称の可憐な花
といえばしとど露けし
嘲り　挙句は脅迫する
生い茂る露草の物言いには
ほとほと呆れはする

雑草で嫌われる筆頭は
お馴染みのドクダミ　土筆（つくし）　葛　刈安
アメリカ渡来のセイタカアワダチソウ
いずれも旺盛で根が深い
わけても露草のすさまじい繁殖力にはかなうまい

根絶しようとしても
はなからせせら笑い
うつしき青人草のわがまま気ままなご時世の
油断の隙間にはびこり

作物を枯らす
不善をなすのは所詮人間とはいえ

埋(い)くれば　山崩(くえ)の引く
川に流せば　何かにつかまって　一節なと残ろ
焼いたっちゃ　ほかほかと尻が火照(ほて)ってよかとよ

地べたに蹲(つくば)って
ぶつくさ一人愚痴る
草取りの農婦のモノローグから
やがて目ざめ　繁り出す露草のダイアローグ

＊「吹くくわす」とは熊本県五木村の方言で「風が吹き返して地面に落とす」こと。埋めても山崩れで再び地上に出てくるともいう。露草はハナガラ・カマツカとも言い、焼き畑の作物に甚大な被害をもたらす。「物言う草」は民俗学者の小野重朗が命名。川野和昭氏の論文「物言う雑草／ツユクサと焼畑民の記憶――ラオス北部と南九州の比較から」参照。雑草の繁るのを「青人草」、すなわち人民に例えることも。

詩集『鬼神村流伝』覚書

「忘れ柿」という若いころに書いた詩で、「あかねの空に／柿の実が一つ梢に映えている／ヒヨやムクドリのためでなく／空のたかみくらにまします／神々への／ささやかな供物として（後略）」とうたった。野鳥が神の仮象であることを頭では理解していても、未熟ゆえ生硬でいまだ確固とした表現に至らなかったのである。井上靖の晩年の詩集『乾河道』（一九八三）のなかの散文詩「木守柿」はこう書く。「畑仕事をしている内儀さんに訊いてみると、鳥の餌に一個だけ残してあるんだと言う。しかし、うどん屋の親父さんの話では、あれは木守柿と言って、柿の木のお守りだと言う」とあり、梢に赤いランプが灯っているのを「冬の季節のために張り廻らされた澪標（みおつくし）のように見える」とする。「澪標」というのは流浪する都会人の井上靖らしいポエジーの発見であるが、そこには壮絶な実存の孤独と虚無が垣間見える。

　ともあれ、要は、鳥の餌や柿の木のお守りであれ、森羅万象に神霊の息遣いを聞いていた古代の名残りをささやかな風習に見る。標題の「鬼神村」とは「樹木のこと。原語はⓢbhūta-grama, ⓟ bhūta-gāma（生きものが群がっているもの、の意）であったらしい」と

『仏教語大辞典』（東京書籍）にあるように、本詩集はいわばいまだアニミズムがひとびとのこころに深く根ざしていたころの、記憶の深い底にある集合的無意識とコスモロジーの所産である。異邦のアボリジニやニューギニア、モンロビアまで材を拡げたのはむろん共通のアニマの働きを認めたからに他ならない。さらにいうなら「鬼神村」とは鬼を神と祀る辺土の村々であり、高度成長期以前には全国津々浦々に存在した。

　ヴィム・ヴェンダース監督に深い影響を与えたとされる、ドイツのフランクフルト学派の哲学者、ヴァルター・ベンヤミン（一八九二－一九四〇）は「物語作者」のなかで「話（ゲシヒテ）を書き記した人たち」に、流浪するものと「実直に暮らしを立てながら土地にとどまり、その土地の出来事や伝承に通じている人」のふたつのグループがあるとする。わたしにとっての小さな「抒情的叙事詩」は、むろん後者の北陸の風土から生まれた。

　本書の刊行にあたって、福井に縁の深い詩人、倉橋健一さんの的確な解説と、思潮社の小田康之さんのご配慮、編集者の遠藤みどりさんの手堅いご指導をいただいた。更に装画作者の西田理菜さん、装幀の和泉紗理さんにも併せて感謝を申し上げたい。むろん、病床にある岡崎純氏の師恩と、長年共に生きてきた伴侶にも、多謝多謝。

二〇一七年一月二十二日

金田久璋

金田久璋（かねだ・ひさあき）

一九四三年（昭和十八年）福井県美浜町佐田（旧山東村）に生まれる。民俗学者の谷川健一に師事し民俗学を学ぶ。国立歴史民俗博物館資料調査委員・共同研究員、日本国際文化研究センター共同研究員などを歴任。元敦賀短期大学非常勤講師。著書に『言問いとことほぎ』（思潮社）『歌口――エチュードと拾遺』（土語社）『賜物』（土曜美術社出版販売）『森の神々と民俗』（白水社）『稲魂と富の起源』（同）『あどうがたり――若狭と越前の民俗世界』（福井新聞社）、共著に『田の神祭りの歴史と民俗』（吉川弘文館）等多数。

日本詩人クラブ、中日詩人会会員、福井県詩人懇話会幹事、「角」同人。

鬼神村流伝

著者
金田久璋

発行者
小田久郎

発行所
株式会社思潮社
〒一六二－〇八四二　東京都新宿区市谷砂土原町三－十五
電話＝〇三（三二六七）八一五三（営業）・八一四一（編集）
FAX＝〇三－三二六七－八一四二

印刷
三報社印刷株式会社

製本
小高製本工業株式会社

発行日
二〇一七年四月十五日